Le monde de
Biscuit et Cassonade

Catalogage avant publication de
Bibliothèque et Archives nationales du Québec
et Bibliothèque et Archives Canada

Munger, Caroline, 1980–
     Biscuit et Cassonade aiment Noël
     Pour les jeunes.
     ISBN 978-2-89714-184-4
     I. Titre.
PS8626.U55B574 2016   jC843'.6   C2016-941208-3
PS9626.U55B574 2016

GROUPE VILLE-MARIE LITTÉRATURE

Vice-président à l'édition
Martin Balthazar

Direction littéraire et artistique
Lucie Papineau

Conception graphique
de la grille et de la couverture
Primeau Barey

Infographie
Clémence Beaudoin

Révision linguistique
Michel Therrien

Les Éditions de la Bagnole
Groupe Ville-Marie Littérature inc.
Une société de Québecor Média
1055, boulevard René-Lévesque Est,
bureau 300
Montréal (Québec) H2L 4S5
Tél. : 514 523-7993, poste 4201
Téléc. : 514 282-7530
Courriel : info@leseditionsdelabagnole.com
leseditionsdelabagnole.com

Les Éditions de la Bagnole bénéficient du soutien
de la Société de développement des entreprises
culturelles du Québec (SODEC) pour leur programme
d'édition.
Gouvernement du Québec – Programme de crédit
d'impôt pour l'édition de livres – Gestion SODEC.
Nous remercions le Conseil des arts du Canada de
l'aide accordée à notre programme de publication.

Financé par le
gouvernement
du Canada

Canadä

DISTRIBUTION EN AMÉRIQUE DU NORD
Canada et États-Unis :
Messageries ADP inc.*
2315, rue de la Province
Longueuil (Québec) J4G 1G4
Pour les commandes : 450 640-1237
messageries-adp.com
* Filiale du Groupe Sogides inc.;
filiale de Québecor Média inc.

Merci à Bénédicte Parmentier pour
son aide précieuse à la fabrication des
décors et à la mise en scène, ainsi qu'à
Michel Paquet pour sa contribution à la
réalisation de l'éclairage et des photos.

Biscuit et Cassonade est une marque
de commerce de Caroline Munger.

Imprimé au Canada
en mai deux mille dix-sept

Biscuit et Cassonade

aiment Noël

Caroline Munger

Les préparatifs

Le temps des fêtes est le moment de l'année
que Biscuit et Cassonade préfèrent. C'est une période
bien spéciale, remplie de magie et de rituels.

Biscuit et son petit frère Cassonade ont tout prévu
pour passer un Noël merveilleux et inoubliable !

La grande expédition

Aujourd'hui, le temps est parfait pour une belle sortie sous le ciel bleu. Biscuit et Cassonade s'habillent chaudement, prennent leur traîneau et marchent en direction de la forêt.

– Suis-moi, Biscuit !
dit Cassonade d'un air résolu.
Je sais exactement où aller pour trouver le plus beau sapin de Noël !

Biscuit et Cassonade repèrent rapidement un joli sapin bien vert
et bien garni. C'est décidé! C'est celui qui ornera leur salon
pour toute la période des fêtes! À l'aide de sa petite scie,
Biscuit coupe l'arbre et le fait prudemment tomber pendant que
Cassonade regarde son frère avec beaucoup d'attention.

Tout heureux, les deux bûcherons en herbe attachent le sapin
sur leur traîneau et se mettent en route vers la maison.

Après avoir installé le sapin près de la cheminée, Biscuit et Cassonade déballent avec impatience les décorations une à une... au son de la musique de Noël qui égaie la maisonnée.

Boules de Noël brillantes,
petites figurines de bois,
guirlandes lumineuses,
les deux frères s'en donnent
à cœur joie. Ils laissent libre cours
à leur imagination pour décorer
ce sapin qui sent si bon !

Un doux moment

Le soir venu, sous les lumières du sapin et à la douce chaleur du foyer, Biscuit et Cassonade profitent enfin de la magie de Noël. Biscuit sort son vieux livre de *Contes et légendes du temps des fêtes*. Cassonade insiste pour que son frère lui raconte l'histoire de Casse-Noisette, comme chaque année...

La fabrique de pâtisseries

Cet après-midi, Biscuit et Cassonade ont invité leur voisin
Ricardo à faire des pâtisseries de Noël avec eux.
Ils se sont même déguisés pour l'occasion! Biscuit, Cassonade
et le petit Ricardo ont fière allure dans leur costume des fêtes!

Installés au comptoir de la cuisine, les trois amis
se mettent au travail.

Ricardo a l'habitude de faire
des pâtisseries avec sa maman.
Biscuit et Cassonade suivent
les directives de leur ami
à la lettre afin de cuisiner
les plus beaux et délicieux
biscuits de Noël.

C'est la veille de Noël !

Les deux frères décident de faire le tri des jouets
qu'ils n'utilisent plus pour les donner à des enfants qui en ont
moins. Ils remplissent un sac de jouets et un autre de provisions,
qu'ils iront porter ce soir aux plus démunis.

Au retour de leur mission, Biscuit et Cassonade en profitent pour aller se promener. Ils admirent les décorations, les lumières et le grand sapin tout orné au centre du village enneigé. C'est tellement beau !

Les passants qu'ils croisent sont joyeux, même s'ils semblent pressés et excités à l'idée de retrouver le confort de leur maison. Tous se regardent avec le sourire et se souhaitent «Joyeux Noël !».

De retour à la maison,
les deux gourmands s'installent
confortablement pour jouer
à toutes sortes de jeux en
dégustant quelques friandises
de Noël.

Biscuit est au comble du bonheur
car ce qui compte le plus
à ses yeux, c'est de ne jamais
quitter son petit frère
et de s'amuser avec lui.

Au lit !

Cette nuit, Biscuit et Cassonade dormiront dans le salon,
près du sapin. Ils ne veulent absolument pas manquer la visite
du père Noël! Avec des couvertures et des coussins,
ils installent de petits lits improvisés.

– C'est le grand confort! s'exclame Cassonade, bien emmitouflé.

Malgré l'excitation, les deux jeunes frères réussissent
à s'endormir en pensant à la chance qu'ils ont d'être ensemble
en cette froide nuit de Noël.

Le matin de Noël

Il fait jour lorsque les deux petits se réveillent. Le pied du sapin est couvert de magnifiques cadeaux. Évidemment, ils ont manqué la visite nocturne du père Noël!

Biscuit et Cassonade ne savent plus où donner de la tête tellement il y a de cadeaux. Chacun cherche ceux qui sont à son nom... Une grosse boîte, dont un des côtés est percé de trous, attire particulièrement leur attention. Elle est adressée aux deux frères, qui s'empressent de l'ouvrir.

— Oh! Biscuit! Le père Noël nous a offert un oiseau!
dit Cassonade, surpris.

— Qu'il a l'air gentil! ajoute Biscuit, ému.

— Comment allons-nous l'appeler? demande Cassonade.

— Pourquoi pas Darwin? propose Biscuit.

— Comme tu es beau, petit Darwin! s'exclame Cassonade, tout joyeux.

Cette année encore, le temps des fêtes a passé beaucoup
trop vite... et le père Noël a été très généreux!

Biscuit et Cassonade sont maintenant heureux et excités
à l'idée de faire découvrir le monde à leur nouvel ami, Darwin.